文学之都 未来诗空

存在

殷俊 著

江苏凤凰文艺出版社
JIANGSU PHOENIX LITERATURE AND ART PUBLISHING

图书在版编目（CIP）数据

存在 / 殷俊著 . -- 南京：江苏凤凰文艺出版社，2023.1

（文学之都·未来诗空）

ISBN 978-7-5594-7053-9

Ⅰ.①存… Ⅱ.①殷… Ⅲ.①诗集—中国—当代 Ⅳ.①I227

中国版本图书馆 CIP 数据核字 (2022) 第 203232 号

存 在

殷 俊 著

出 版 人	张在健
选题策划	于奎潮 陈 武
责任编辑	孙楚楚
特约编辑	朱 莹
责任印制	刘 巍
出版发行	江苏凤凰文艺出版社
	南京市中央路 165 号，邮编：210009
出版社网址	http://www.jswenyi.com
印 刷	三河市华东印刷有限公司
开 本	880 毫米 × 1230 毫米 1/32
印 张	5.75
字 数	112 千字
版 次	2023 年 1 月第 1 版
印 次	2023 年 1 月第 1 次印刷
标准书号	ISBN 978-7-5594-7053-9
定 价	52.00 元

江苏凤凰文艺版图书凡印刷、装订错误，可向出版社调换，联系电话 025－83280257

目录 contents 存在

第一辑 虚构

- 002 创造日
- 005 信　仰
- 006 影子爱人
- 008 技　艺
- 009 玛蒂尔德的项链
- 011 虚　构
- 012 记录者
- 014 相　左
- 015 沮　丧
- 017 卡佛的座椅
- 019 "不要塌"

021　抵　御

022　金黄的爱人

023　祭　坛

024　昂贵的时刻

025　当我读到你的诗

026　关于安娜

027　苏姆的锯子

029　哀　歌

030　阴　暗

031　阅读者

032　两列火车

033　还有谁

035　亲爱的F先生

036　多　余

037　海

039　支　撑

040　五　月

041　失败者

042　幻　境

044　讲故事的人

045　一个孩子不能忍受孤独

046　叫他爸爸，叫她妈妈

047	小世界
049	"我爱你"
051	羞 愧
053	存 在

第二辑 流逝

056	爱 情
057	艾米莉们
059	凝 视
060	擦
061	一万年过去了
062	夜 晚
063	独 奏
065	味 道
067	沙漏人生
069	放 下
070	人
072	回 家
073	要用水
074	颂 扬
075	不存在的

077	坏天气
078	迷　路
079	最后的情书
081	自　由
082	告　别
083	哀叹者的人生
084	等　待
085	暮　年
086	铁　屑
087	形　象
088	岸　上
089	女儿说"不"
090	一个母亲，她是什么生物
091	体　验
093	所有人
094	独立日
096	庇护所
098	蛰　伏
100	空　空
101	迁　徙
102	暮年之光

第三辑　遗忘

104	安魂曲
105	暗　像
106	米亚是谁
108	语　言
110	影　子
111	糖
112	空　白
114	今夜你叫娜塔莎
117	仿制品
118	帆
119	羞　耻
121	删　除
123	幻　梦
124	叙述者
125	来　电
126	场　景
127	就是这样
128	刀工豆腐
129	回　味
130	戏　台

131	雨和我们
132	就送到这里吧
133	独行者
134	活着的人
135	雨　中
136	南风吹着不相干的事物
137	结　局
138	理想国
139	小时代
141	加上一天
143	允　诺
144	困
145	安　抚
147	干　净
148	答　案
149	寻常之诗

第四辑　记忆

152	扮　演
153	共　享

154	某一刻
155	描述
156	微火
157	尾音
158	礼物
159	分手歌
160	坚固
161	张望
162	预习
163	安抚
164	熄灭
165	静静的欢乐
166	路盲者的旅行
167	中年女性危机
168	火被纸包着
169	伤逝
170	梦境
171	黄昏
172	孤儿

第一辑

虚 构

创造日

一切要从原初开始讲述——

平常的夜晚与风光,赋予异乡者以幻景
夜色中的软语和低度酒叫人萎靡
一只猫跳上藤椅,挨着陌生人的身体
一切平等而平静,尚未呈现不可估量的力量

夜往深处行进

有人打开了一扇窗,这是使命
有人向内张望,
这是必然(世上从无无心之事)
继续张望并转化为持久的凝视——
咬合力惊人,伴随火车奔驰

奔驰。一些消失在过去
另一些奔涌而来,冲撞边界的力气巨大

渴望令人饱满成夏天的紫葡萄

离别只献给难分难解的爱人们
他们在火车站的队伍中一次次回首
在汽车旅馆和书信中一次次告别
在某个事件中偶遇,声音喃喃的
话语简短而克制

难道所有的一见倾心并非来自
天然纯净的心底?
只在某次偶然事件或"咬合力惊人"的凝视中
冲进身体?并被
一次次加固,直到对方变小
安居在受访者内心;
变重,如一块巨石;
变得珍贵,以至失去价值?

又变大,成为期望中的避难所
仿佛早已知晓它的到来和必然存在
爱侣们藏身于此
互换安慰者与被安慰者的角色

他们在孤独中创造出快乐
险恶中创造安宁
罪行中创造祝祷之词，死中创造生
他们创造新奇的玩具与世界
无能为力中创造出爱的能量
还从各自嘴巴、眼睛和身体中
创造出新的爱人

造爱者成为父亲与母亲，造出的人是女儿与儿子
从此他们密不可分

信 仰

演出结束了,演员们脱下戏服
从临时拼凑的情境中撤离,各赴归途

离别的瞬间,那人回头看了她
——那死死咬住心脏的一眼

影子爱人

被施了魔法的女人走在卡佛的影子里
他们穿过马路
来到殉道街6号融茶馆
玫瑰红的茶水被冲进杯中
卡佛的眼睛有些潮湿
沉寂多年的身体内部,有暗物质涌动

薄薄的、细瘦的女人,从影子里走出
变成肥沃的实物:锁骨、胸部、小腹、脚踝
卡佛一一摸过去,最后陷入细软的卷发
他带着塞弗尔特[①]式的羞怯,嗅着
并闭上了眼……

灯灭了

[①] 塞弗尔特:"从孩提时候起,女性的发香对我就有吸引力。我还没有开始接触拼音课本便已渴望抚摩小姑娘的头发。仅仅由于羞怯,唉,那该死的、我长期未能摆脱的羞怯,使我于最后时刻却步不前。"

虚幻的王国消失。卡佛发现自己抱着一截木头
并不见疯狂的那片森林

技 艺

玛蒂尔德不断接受别人的建议,努力学习爱的技艺
以获得安全与充盈
用它抚慰无爱者的灵魂,擦拭灰白的往事
使之发亮
当他孤独,亲吻对方的眼睛、鼻子
摩挲那双手,久久地……

此时她怀抱怜悯,此时她就是怜悯
此时面对一切人,皆是穷人

唯面对富有的长者,隔着人群递来和蔼的话音
当他背向站立,沉默又大又满
——她才呈现虚弱的本性
这寓言般的构造,使她忘却无用的爱的技艺
变成孩子

玛蒂尔德的项链

当她离开位于殉道街边的茶馆
那里发生的气味与声响
将在很长一段时间内不再呈现

亲爱的玛蒂尔德，人人看到她的美丽
看她步履匆匆经过人群
并没有人走进她心里
——那里住着一个男人
具有平静的、蔚蓝色的品相
木化石的质地
拥有抵达已知和未知的智慧库
从隐秘的深海浮出

他将她遇到，又爱上她
譬如"最疼的是我在哪个地方错过你了"
这样的事并不会发生

夜晚,她对着窗外的黑暗无声祷告:
哪怕为了诅咒不该如此而安排十年的厄运
使我变成粗硬而耐苦的妇人

虚　构

那晚坐在身边的人
侧脸像一艘巨轮浮在海面——
挺拔的鼻梁
左脸泛着宋瓷的光
阿米亥式的智慧与额头纹
一束灯光将她的身影打在那人身上
这虚拟的依附令她哽咽

通往旧城市的车上
那人的声音与相貌充斥了车厢
她在身侧空出一块地方
安放一具虚构的肉身

记录者

亲切的卡尔维诺先生
你将手背抵在鼻翼下,用怜悯的目光
注视一个失眠者
看时间缓慢、冷静地经过她身体
观察其对清醒的忍受力
告诫她放弃那些"原以为是根本的东西"
还可以继续放弃
以后也这样

——活在幻想城市的人
不必让灵魂为了新的想象搬去另一个城市

时间的碎片会在轨迹中消失
包括昨夜、今夜和一些未来之人
那些努力接近的事物,一旦终于抵达
都会成为反面的镜子

当你说出这些词语构成的句子,它们也消失了
像黑暗中消失的光和睡眠
像稀释过欲望、又在密林中弥散的雨水
一切如你所愿
树叶会重新占据碎裂的空间

相　左

艾米拉站在医院的走廊上与情人说话
穿着白色衣服的人们走来走去
时针在窗外钟楼上缓慢移动

当他们谈起天气,一束消失又重返的光
打在她灰色大衣的金属扣上
梧桐叶落在脚下,如一封幸福的来信

又谈起爱情
擅长解剖的评论家正襟危坐
欢愉的影像被抽离,灰色理论开始上线:
"为什么?怎么办?"
"后果为……,结论是……"

艾米拉像个聋子,自顾自说起了细节:
这十月的金黄,被修辞的思想
威严者的体内藏满孩子的笑声,不过现在,它来了

沮 丧

卡佛挣扎着从梦中醒来了,靠在床头
目光扫向昏暗中的物件:
昨晚脱下的衣服还搭在椅背上
棕色床头柜上一只掌管时间的表
木质地板上的拖鞋
泛着亚光的门把手。妇人的酣眠
多年来使他享有的圣人声誉

这一切使他安心

"什么都经历过了,我是个幸运的家伙。"
卡佛努力忘却梦带来的饥饿感

然而恍惚找上来了
多声部的叙述被绵软的女人腔调切分
"卡佛。"
她从梦里细细地叫,并向他伸出只手

"哦亲爱的。"

卡佛带着沮丧,快乐回复令人昏厥的女声

卡佛的座椅

无论作为激情洋溢的演说家
或是布道的牧师
亲爱的卡佛先生,你皆使我沉醉
也有魔力命我在黑夜中合上双眼

爱是生命的契合,是寻找隐秘的共通
作为重生者的容器
——你重生了我

还是打破。提取出被熟人们忽略的部分:
各种关系和角色身份缝隙里的可怜物
(怜悯、疼惜、卑微、懦弱……)
甚至无中生有
一切按照旨意重组成新逻辑——
这不可理喻的爱的宿命

现在,你的使命结束了

台上的座椅空着
一具无法安慰的弱身,被悬置在
教堂的祷告音和使人警醒的钟声里

"不要塌"

玛蒂尔德换上一条亚麻质地的长裙
站在镜子前打量自己
正在衰老的脸,令人想起倒挂窗前的干花
她有点着急
很快,又快活起来了

"我的手很巧。"

一小时过去了
镜子里的干花似乎活了
精致的内饰,低调的外搭
胸罩内冲动着中年女人的能量(这仅凭猜测)
走近些,再近些——

那男人站在身后
朝这临时搭建的漂亮房子张望着

"不要塌,保持住。"

她快晕过去了,同时绷直了身子

抵　御

人们住在看得见的房子里
结实的地基,四壁坚固

人们以拥抱抵御噩梦的恐惧
在梦里,墙塌了

他们在废墟下抱着,变成废墟

金黄的爱人

金黄的爱人在金黄的日子里相见
随即死去

金黄的爱人在细雨中离去
完全离去

他们坐在各自的生活中
大声称颂眼下金黄的岁月

祭　坛

在我们第一次相见
我看到你最后一次离开
当我们拥抱
悲伤蔓延
在人世前行的间隙
我一边爱你
一边准备好祭坛

这就是一切，就是爱情

昂贵的时刻

她闭上眼,沉浸在梦境中的气氛里
那是个场面很大的梦
通过具有弯曲弧面的玻璃呈现出来

故事一开始,她从母亲的胸前翘起头来
张望窗外泛光的植物
糕饼的香味从街巷中飘来
额头充满汗水的父亲走进走出
一扇门重复着开关,光呈现明暗
就这样,开关,明暗;
开关,明暗……

这昂贵的时刻里
一双手臂始终结实、有力地拥抱着她
直到变得僵硬,依然有力

当我读到你的诗

我想为我的情人虚拟一个诗人的名字:阿米亥
用你的名字构造爱的庄园
以亲吻堆垒欲望
用业余的身体① 不断寻找
静静的欢乐
同时成为我的父亲
以睿智的灵魂教我成为智者
安然接受幸与不幸,如树木也如草茎

在公园里的一条长椅上
你将满头白发搭在我肩上
亲爱的阿米亥
当我读到你的诗,我要坐在你身边
安静地哭泣

---

① 出自阿米亥的《人的一生》:"但他的身体始终是业余的。"

关于安娜

安娜穿着 1870 年代的裙子,离我很近
我看到你黑色的长睫毛
背后的天空与风景
这一切很快就切换成真实的人生了
你将自己投入命定的火灾现场
带着爱的高光燃烧
人性的缠斗,绝境里的搏杀
欲望充当了助燃剂
谁能浇灭你呢?你就是本火

也不能多次燃烧。你渴望的自由变成烟了
我祝福你没有在虚妄的道德里活着
还要有勇气看一看没有你的世界

"一切都是混乱的,一切都正在建设中"
谁在乎呢?

苏姆的锯子

为了与过去一刀两断
苏姆给自己准备了一把锯子

锋利的、闪着寒光的锯齿
挥向命中注定将遭到砍伐的林木

白桦树苗、幼小的红松、草尖儿
甚至死去的树桩

从早到晚,刮擦声
林木倒伏的轰隆声不绝于耳

夜晚,他累了
肉身倒在汁液流淌的林木间
灵魂返回空空的正厅

在形形色色的传言、引证和记忆中

他挥起锯子砍向空气

那里站着一段哭泣的、无力挣脱的往事

哀　歌

一群挺着肚子的孕妇走在街上
货车、坦克从身边驶过
里面坐着别人的儿子，势利的商人，士兵

婴儿们在羊水中沉睡
战争，毒气，污水，带着慢性毒药的食物，流言
暂时还无法接近
雨水也只能敲打包裹他们的肉身

母亲们手拉着手，站在街中央
以歌声传递誓死保护孩子
却不得不将他们生出来的哀伤

阴　暗

此刻的人间是温暖的
东边学校传来孩子们的诵读音
植物在阳光下生长
旧日子在雨水里枯萎
来来回回的命被风吹着
越吹越薄

那么多的人在拥抱后流下泪水
一边腐朽，一边辽阔
我要不断承受被填满再被掏空的命运
要在这明亮的人间为你
留一小片阴暗

阅读者

一路静悄悄的,沿途的店铺已关闭
我来这充满霉味和慢时光的地方
寻找一位先生
他从一堆老书中起身,淡淡地招呼我

——如能这样,自然最好

我们彼此靠近,用两种语言交流
像古希腊语和现代汉语
也许,它们被翻译成某种更好的语言
我们亲吻对方的脸和身体
像亲吻书中的经典

实际上,二人不过靠着一盏灯坐着
他在书里,我在书外

两列火车

大雪纷飞的山峰上

恋人们互为对方的火车，装满波涛

从被荒废的旧时光

途经郊野或城市

一路嘶吼、镇压、轰炸、颠覆

寻找不可实现的安身之所

白白的世界，白白的两列火车是

投奔新生也滑入深渊的灵魂

省略了开头与结尾

一碰撞就粉身碎骨的肉身

寂静的飞雪中

两节空荡荡的车身一边安慰着

一边将对方埋葬

看起来多么悲壮啊

听起来像唱歌

还有谁

F先生坐在灯光外的暗影里
我来与你在这屋子里
度过短暂的一小时

他开始了缓慢的叙述
那些从前充满汁液而今枯萎的日月

爱过你的人哪,他们一一离去
还有谁剩下来去爱你?
F先生微闭着眼,十指相扣
哦,窗外正下着雨

我伸出手,触摸他已经平静的嘴唇
里面的,话语

他的脸多像我生育过的婴儿

他的叙述里有我的身世

他就是我

亲爱的 F 先生

那一天是你先走下海堤
你将一只手伸进海水
当你转身——

我站在岸上
你眼中的水将我冲进海里
一切被冲走
岩石、教堂、城市都在远去
道义,贞洁,最后的遮羞布
我在风暴的中心溺亡

我因你而死
愿你至死仍蒙在鼓里

多 余

我站在低低的人间
向高处看
站在生的半途
向终点看
爱人啊,我站在你的身边
右手被你的左手捏着
多余的话啊像这雨声
像呢喃

多余的夜晚被风吹散
多余的命被你捏着
成碎片

海

米亚眼前摆放着一张照片
羞怯的男孩式的笑容,海水在眼里摇晃
从眸子进入内部,木质的蔚蓝的所在
纯粹的笑声正来于此
由它创建与外界关联又独立的世界
像一枚苹果的甜美,从果核向外辐射
果皮掌握着距离与尺度

他没有说话,没有咬合双唇
因此露出洁净的牙齿;
他在说话,没有回声的话语雪花一样落下
从他的青年时代飘落至今
背景伴随火车轰鸣

照片外那真实存在的人并没有缩小或苍老
冲撞的身体有时像只蜗牛
旁观者只见其穿越或是隐匿,呈强者或隐士;

唯米亚看得出贫血与虚弱,隐约地
在无人之地,露出沮丧与恐慌——
他从未拥有
那贪恋的乌有乡随时会被夺去

海水从他的眼睛里,经由某个隐秘的通道
流到米亚的眼里
对,它来自那里,又流向这里,交叉的十字路口
并没有使之迷失
它找到了这里——米亚的眼睛

她不敢眨眼,忘却对浩大的时空施以哀悼
就这样凝视着,保持亲密的死亡

支 撑

真正的黑夜来临了
他们靠在一起

像康妮和农场守护人在离别的前夜
叹息着抱在一起
还有阿伯拉尔与埃洛伊斯相爱的十八个月
修道院庇护不了两人的爱情
于是来到地下

现在,全世界只剩这对疲惫的爱人
在局促的空间互为支撑
他们叹息着,将对方的手握住

一簇又小又轻的火焰,被爱人们悉心呵护

五 月

夜晚发黑的树林贡献出温润
那是爱人,你的手
于一本旧书中寻找熟悉的词句
挥霍完积攒的一切后
我们变得虚弱,来到清晨——

光拖动植物们长长的影子
从阴暗处走来。然后是
我们的五月,多么明亮

失败者

一根链条，拴住他，使他在特定半径内
旋转……

偶尔，会生出逃脱的念头
并迈出一步

在某个无人之处
他脱下戏服，取下面具

一束光，落上松弛的肉身

他垂下头，承认自己是个失败者

幻　境

那位拥有若干故乡的人
历经数次与过去的诀别后，来到晚年
坐在门厅里的箱子上
一束光落在脸上，他眯着眼
进入某种幻境——

主人卸下叠加在身上的各种身份：
家庭、社会和组织身份
在另一女人那里的情人身份
一场事故中的肇事者身份
众人口中的好人身份
掌灯人，哲学家，失败者……
（这一切身份，不过逢场作戏）
恢复成纯粹的人，一个直立行走者

旧建筑消失了，动物安睡在沙土上
空气中充满烂水果的气味

一面镜子正飞快后退
主人看到一连串孤立的片段
曾被时代与本人赋予的意义消失了
一个令他无限回味的动作
频频出现——

有人手持钥匙，打开锁
宽银幕正循环回放，那不曾领悟的一生
囚禁的思想
爱的变奏，空间的秘密
宇宙，罗网，反常与正常
柔情，恐惧
无限叠加与遗忘……

难以穷尽的序列里
他牢牢保有名字和姓氏，不让虚构的简历
变成真相

当他起身，眼前只是些寻常事物：
熟人，房子，城市与天空
清晰的时光和命运

讲故事的人

那人坐在大厅的长椅上
用梦境般的宣叙调,开始讲故事——

他讲得朴素、诚恳,像一位传教士
正传授一部重要的哲学;
讲得很慢、很细致,将台词与影像结合
辅以动作,努力呈现立体场景

一个故事讲完了,又开始另一个
一遍讲完了,再来一遍……
到了关键处,他将自己留在阴影里,闭上眼
——褪去语言的外衣,回忆拥有了自由

听众是个孩子,正对着太阳吹泡泡
她追着泡泡奔跑
和它们一起消失在明亮的语言结构里

一个孩子不能忍受孤独

过一会儿,他就来敲敲门,或发出其他声响:
"你可以陪我了吗?"
"你是否不爱我了?"
他嘟着嘴,向大人乞求着爱

这爱的方式的发现者,显然并未发现
自己带来了一个新宇宙
也未发现自己就是宇宙

被乞求者放下手中的一切,拍他,抱他
将脸贴在他脸上
把自己变成更小的人,一个婴孩

由那撒娇的男孩来做新的主人

叫他爸爸,叫她妈妈

那男孩跑过来了
不太胖,也不瘦,有男人年幼时的样子
牙齿很白,笑起来也好看
此刻,他有些忸怩地看着二人——
看他们刚刚经历了一场欢爱,相互依偎着
橘黄的灯影落在身体上,呈磨砂质感
他们向他招了招手,轻唤他名字

一切都存在着
这真实的一幕使他欢叫着:"爸爸,妈妈"

小世界

艾莎穿上平常的旧衣裳
前往离家很远的老城,去看她的爱人
他们在一条小路上相见
笑着,并肩走在阳光下

他们在心里想了一些话
有的说出了,有的还在心里
说出的关于日常,说不出的关于爱
爱要怎么说呢?
翻来覆去也只是一句话:
"你真好,我真爱"
就像婴儿车上的婴孩不会讲话
而得到所有人的爱

他们有时停下来,将手握在一起
如同一个人的两只手
正做出祈祷的动作。二人对视着

还分享了隔壁面包店里的甜腻和蒜香气
用再也不必对抗命运的顺从心

"我爱你"

暴风雨来临的时刻,他们说着"我爱你"
陈旧的三个字被一遍遍吐出:

"我爱你"
"我爱你"
"我将永远爱你"
……

如哀悼洪水中永逝的魂灵,追赶重启的列车
献给旧爱的最后一句祝祷词

有时停下来,让人想起突然消失的蝉鸣
乐谱中的休止符,被摁下暂停键的复读机,从地表消退的雨水
放弃挣扎的垂死者……
爱无力的人们变成大鸟,翅膀耷拉着

直到——

雨水从头顶淋下,像串在一起的哭声
爱人们并肩而立,变成礼堂里的两把旧乐器
唱着"我爱你"——

羞 愧

男人们站在花园一角说话,暮色笼罩着他们
直到夜色也将其吞没
二人变成花园中心的两株老树
绿叶在头顶变黑了,他们也成为黑的一部分
唯声音,那谈起往事的声音挣脱了黑
带着体内的黑油,向外生长

摆脱了光,谈话变得容易
不必如奇崛的钥匙费力去开一扇门
或想要绕开什么障碍
话语是岩石下涌动的水,是门铃、沙上的珍珠

渐渐地,谈话者感到疲惫
收起话语带来的幻觉,一起离开了
站在厅堂明亮的灯光下
想起黑暗给彼此带来的愉悦感,他们羞愧了

年岁大些的男人更为羞愧

他曾将头搭在他肩上,像一颗熟透的果实

存 在

这世上从未有过这么多的
等待被说出来的事情
未被说出的一切,只存在于
大雨般的思想中
是一门尚未被传播的新学科

接吻之前,它们不能被透露

第二辑

流 逝

爱　情

命运将这对爱人放进同一个书页，合上
他们在那里歇息，相爱

再打开，放各自一条生路

艾米莉们

傍晚时分,艾米莉从人群中穿过
高跟鞋落在水泥路上
伴随嗒嗒声响,身体前移
犹如游泳者将身体托付给大海
醉酒者将意识交给摇摆

无数个艾米莉迈着同样的步子
目标一致,步距分毫不差
显然,她们已熟知命运的定数
个性成了匮乏物
同质化的伪饰与忍受成为必须
在正统的现代都市
你很难将她与她区分开来

令人沮丧的族群中
依然存在一两张陌生新奇的面孔
没有被禁锢的大脑

充满欲望的身体，从观察中获得乐趣
面对食物和肉体，保持清醒的饥渴感
从不相信"必然如此"的论调
面对责难，也未放弃过信仰

当她们脱下旗袍和工装，约束力消散
破坏力得以恢复
象征形式主义的伦理隐入黑暗
流过沙砾和贫瘠土地的小溪被引入河床
艾米莉们的身体诚恳面对爱人
这使她们真正成为清白而正经的人

凝　视

老莫卡度过各种各样的白天
来到夜晚

他站在一面镜子前,按次去除一切赘物
——衣物、身份、头衔
最后,他裸着,对幻境中的人说话

像牧师传教,圣徒们发出祷告
或转经轮在风中旋转
他像个孩子
低低地,发出对玩具或糖果的哀求

一个冒着热气的女人
从浴缸中缓缓起身
这美好又危险的事物,令莫卡闭上了眼

擦

从一些裸体女人中间穿过
清洁女工在一面镜子前开始工作

持抹布的手从众多身体经过
很轻,像在抚慰不同年龄段的自己
含蓄的、萎缩的、鲜嫩的胸腹,长短发,肥瘦身
各色体肤、胸衣和底裤

最后停留在一张脸上
——那被不安稳的生活揉皱的绵纸上
眼窝凹陷,颧骨突出

她看着自己,忍不住用抹布抻上面的褶皱

一万年过去了

在只能眺望不能相爱的日子
时间铺垫在脚下
越来越高
我在逐渐古老的事物当中爱你
一遍遍亲吻
悲伤、缓慢、忧郁的吻
经常用力过猛——
直到疲惫。直到

一万年过去了
当初看过的星星退回远方
河流来到尽头
我变成一座空旷的车站
你在另一个地方停下脚步

夜　晚

艾玛,她曾多么用力地支撑
使空闲没有剩余
过度劳作榨干了她,使她苍老

到了夜晚
疲惫从眼球、耳朵、鼻子、嘴巴
从毛孔入侵她
如腐烂入侵一只过期的西红柿

坚挺的外壳变成空布袋
一张床铺收留了它

在梦里,她设想自己年轻
有饱胀的身体,有男人爱

艾玛在梦里活着,像个女人

独 奏

艾米亚坐在黑暗中,为不再回归的好日子哭泣

那个好人,从发生过的背景和语境中撤回
连同和平时代研究过的爱与歌声
一起消失在金黄的阳光中了

在其他地方,恋人们吟唱今日之歌
在锁紧的房间的床上,在路上,在飞驰的火车汽车
旋转的表盘和深海里
在一切可以自由操纵的秩序中
他们造爱:没有爱,世界就不存在

艾米亚祝福他们
不要因围观者的窃笑声,减少真的渴望

为了达到思想和形式的统一

她将放弃有秩序的爱
以一根轻浮的羽毛,完成爱的独奏

味　道

卡佛在细雨中回到住处，身体陷入沙发
屋子很静。他没有开灯

昏暗的光线中，浮出那女人的头发、脖颈
赤裸的背部和腰。而那张脸——

一副不动声色的样子；灵巧的
狐狸的脸上，带着孩子式的任性
它因充满矛盾而像一团雾
其主人的名字从他口中蹦出来，落上皮肤
有些灼人

卡佛闭上眼，将右手放在鼻翼下
一种熟悉的、令人羞涩的味道弥漫开来
并获得无限的纵深感
这爱的通道通向一座火车站旁的旅馆
恋人们留下证词，并交换指纹

又离开。沿着记忆森林追溯某条河流
此时时间发生轻微的战栗,鼻翼下的手指滑向口中
那经久不散的、久违的味道……

沙漏人生

青年哈雷特,每认识一个漂亮的人
只怕没有时间认识更多的人
当他与人交谈,握对方的手
年轻的心脏便充满活力
学习,体验爱,不断尝试与拥抱

他不想看到美消失
不得不用时间与意志喂养它们
并为之高声歌唱

虚张声势的大半生已被充分消耗
哈雷特来到晚年
毁坏与遗忘同时到来
终于可以思考了,哈雷特皱着眉
牙口也不好
面对新的美已失去占有或破坏的欲望

永恒已被废除。昔日年轻人走出人群
在故事外找到自己
不断滴落的沙漏底部
堆满寂静的、无法抓握的细碎物

放　下

当我又一次陷入你的回忆
人间那么静
病体发出萎靡的光
每一束都来自你的手指
你描述过的远方

作为承诺过的、命中最重的部分
被我们轻轻放下了
真好!
我又可以如动物反刍
那些疼痛的、重的……

人

长着一副假的、出生时装上的眼睛
一双抓握流沙的手
一个要用撑开的鼻翼来嗅的灵魂
那里极少不可撼动的信仰
时常发布壮阔的宣言
好酒量使他孤独时快活一阵子
附加上一次次背离肉身的独立
变成一株沙洲上的植物
数次离开的前后,是对熟识者的依附
数次爱情,一次修成正果
剩下的爱人们不知所终
偶尔向命运发出反击,以确认还有硬骨头
经常性沉浸在倾诉不幸的快乐中
菜盘与酒杯空置,戒指和手环空虚
回首往事,唯一贡献是没有虚妄地
赞美过什么丰功或伟绩
——而人生本就虚妄

时间所剩不多了
赞美诗与祝祷词离他而去
当他亲吻最后一个想法
化为粉末，回到永恒护卫他的寂静中

回　家

萨克斯乐手沉浸在回忆里
时间的仓库装满旧画面和声音
也储存着根本活不到的未来

2002年的第一场雪正擦洗他的面容
赋予其余生的平和
那个年代的爱情
如今只活在现实的喜剧里

葱郁的时光和情欲不见了
葱郁的黑发全无
金黄的乐管，反复吹奏《回家》——

跟随它，人们漂流到无家可归的年轻时代
一个狂热崇拜者与他共眠在
晚间新闻的噪声里

要用水

你们拥有越多次泪水
越能在雨水中彼此擦拭和安慰
你萌生过一次爱意,此后
被持久的爱和恨意不断加固
如同两块被太阳不断烤晒的石头
还得忍受近距离的厌倦
近到一块要推另一块滚落下去
对死也有所了解:你们在草丛中窃窃私语
大地送来巨大的平静

然而你不要用剩余的热情造一个
新的爱人
不要用钉子将他钉住,令其变硬或腐朽

颂 扬

路边店铺传来孩子们的笑声
艾米亚在声浪中摸出手机
屏幕亮了
中指在若干号码间游离

会有人等你吗？等你的爱
像一只鞋等待另一只结伴去旅行
像婴儿张开嘴，期待灌满乳汁的乳房
在刚刚结束的黄昏
有人把不完美的生活放在一边
专心在火炉上烤着点心
——正是你喜欢的豆沙馅

正是你喜欢的夜晚将你变成空袋子
像手机上的挂饰
一只空贝壳，在风里呜呜地响
像对失去肉身的颂扬

不存在的

作为我生命的历史并不存在 ①
也没有道路和线索
只有屈指可数的几个人和身后的
模糊背影

关于我,也不是具体的哪一个
四十年了
至今我不能辨识自己的长相
肉身是一团雾气
被装进不同的布料和欲望里
与周围发生关联又孤身自立

在各个暂居地,留下的爱变成泡沫
在更长久的居所重复日常
这被嘲弄的生活多像雨中的来信

---

① 出自杜拉斯的《情人》:"我的生命的历史并不存在。"

模糊,无力

当我说着生命如水,一切也将被大水裹挟而去
时间一到,它们非去不可——
欢娱,耻辱,强有力的心跳,一切事实

包括我

坏天气

无论你如何渴望往日回头
他们永不可实现：
尚未长大的孩子，第一次欢爱的男人
童年枣树上的
秋千。荡啊，荡……

如今秋千空着，如今枣树已变成门板
爱已失去诱人的气味
梦如同橡皮，擦去孩子脸上的天真
天气好的时候居多。只有坏天气
才使我回到从前

——目睹那些残留物，在雨水中还原成
幸福者的遗物

迷　路

每隔一段时间，安妮会登上山顶
去看别的山
她看到别的山就看不到脚下的山
就像走进一片海是为了
将隐秘的部分深埋

傍晚，她从探访的地方返回
熟悉的城市变成迷宫
道路变成头发，缠在一起
——安妮在其中兜兜转转

夜深了，疲乏的肉身找到那扇门
无人发现她丢失了什么

最后的情书

这棕黄的纸上，有我给你的亲笔信

开头处的空白，代表我们在无知年代
开启一段伤感的历程
你坐在床前
读到某段过往中不可忘却的部分
拿纸的手微微颤抖
关于爱，我一直无法告诉你更多
——至今仍然不能

继续向下：
流畅的字符遭遇到冷落、焦虑、误解

被迫停下。你想起写信者欲言又止
反复敲打着某种情绪也反复删除
决心全部删除

读到这里，下面又是空白
我就不署名了

就这样吧

自　由

一个自由人不能被什么捆住
比如将落叶钉在树上

它要落下来
去一切未知哪怕是黑暗里

你们恐惧于这绝望的飞行
我也恐惧

我的恐惧来自
没有风
也不会坠落

告　别

黎明前夕，我们终于找到一家酒馆
牛羊肉被倒进沸腾的水中
江小白呛得我直掉眼泪，接着是啤酒、大麦茶
这样一杯杯喝，一遍遍掏出心肺
从一开始就坦白，就漂亮
一开始就圆满，就慈悲
窗外的月亮擦去旧年的晦涩
中年人用大声唱歌拆除人世间的障碍
酒一多，我们愈加清醒
更加明白努力追逐的自由无法变得更大
读诗和唱歌却能获得意外之喜
天亮后，我们一次次在告别声中拥抱
直至醉倒在新年的钟声里

哀叹者的人生

自从有了虚拟的快乐
思想和话语都变短了
现实世界分布着残余物
每隔一段日子
时间的扫帚会将其扫走

每晚临睡前
沉溺虚拟世界的人就发出哀叹：
又少了一天！

关于未来，
人们只愿意考虑一小时后的人生

等 待

在悬铃木下等绿铃铛落地
在枇杷树下等果实变黄
等远方的飞鸟把高处的食物带走
而低处的已被采光

在五月的尾声里,我等六月中你的降临
像一枚果子等待需要它的人

暮 年

他们终于能够停下
歇在对方的胸口
如水滴接受渐渐干涸的命运
也终于能够享受,白发挨在一起
等候来日——

远方的水面驶来一艘旧船
缓缓驶入无人侵扰的王国
两面破败的旗帜呼啦啦响着,预示着
缓慢消失的过去

铁　屑

不远处的工地传来敲敲打打的声音
一具铁器正拼尽全力击打另一具
在对抗的力中，二者发出暴力的怒吼
被击打得弯曲、变形
有时也会发生双双毁坏的情形
持器械者口喘粗气，双臂下垂
颓然目睹手中剩余的半截家伙

这费尽力气的生活
总会带来两败俱伤的局面
你我先是利器，后来是铁屑

形　象

九月的一天
她搭乘一辆陌生的中巴车离开故乡
开始异地求学
十七岁的少女——
刚刚发育的乳房被藏在白衬衣里
表情紧张，语钝
无人关心这枚青涩的果子
（她母亲早已回到一团糟的家中）
无人揣测这之后她命运的走向
一切轻描淡写又深不可测
作为往后一切事故起因的这一形象
并没有被清晰地摄取下来
而是被忽略、被抹杀了
像一团意义不明的雾，无声消散

岸　上

说起那些年的往事
一如寂静的沙滩露出沙砾和石头
潮水早已退远
泛着白沫的情欲落进海水深处
我们站在岸上
能清晰地看见海水席卷一切
万物挣扎消失的过程
夜晚到来
潮水拍击海岸的声响
像提前预知分离发出的哀号

女儿说"不"

谈话的中途,她突然抛出这个字
并准备随时还击
敌对双方陷在各自的恼怒里

时间从我们之间经过。有时也
独自碾压过我的身体,垫在她脚下
她俯视我的眼神,又空又冷

使我泄气——

片刻,我起身离去
她松了口气,从我眼中流下她的眼泪

一个母亲,她是什么生物

当孩子暴怒,她也暴怒
扬起的手掌,几乎要精准地落下(有时落下)
之后力量消失,像沙地上的水流

夜晚,那孩子哭泣着入睡
将自己卷进婴儿期的小被子里
蜷缩身体,遮住脸和耳目,沉入睡眠

这位母亲,半夜起身坐在他床前
伸手摸那双手脚、脸和鼻子
她长久地停在黑暗中,像尊雕塑

体　验

春天已接近尾声，美妙的场景不再回来了
一辆自行车（有时是火车）载着他
去往某个陌生或美好之地
短途旅行为其提供并不真切的体验感
有人从旅途中出现、消失了，新的人代替了他
更新的人又代替了新的人……
他目睹这一切，呈现平静外表下的哀伤表情
像一把大提琴，弦松弛着，倚在墙角

当他经过细长的铁轨，站在生活的某处
蜂巢般温暖的家和器物已不被需要
持续多年的生活充满误解——
熟人们掌握他的简历与生活习惯
爱人享有其身体和故事，工作分食了时间
像一根皮筋，爱失去弹性

但是，饥饿涌上来了

饥饿感反复捶打他，使他变软、变空
成为一只空布袋。意志薄弱的人渴望着
杂草荒蛮，酸葡萄的气味，尚未过期的面包
低头一掠的陌生女人的侧颜
雨水中诞生的幻想　粗糙感　糖

饥饿使他将自己想象成一座房子
装满所渴望的一切，并将汽油泼在火炉周围

这些念头在卡佛心中只是火光一现
现在，孤独抚摸他的脸，唱着胜利之歌

所有人

男孩躺在马路中间,闭着眼,像睡着了
有人托着他的脑袋,听小小的灵魂在唱歌

很多车为他停下,人们将头从车窗里探出
看他将自行车扔在一边,最后一次玩"睡着了"的游戏

没有一位母亲失去儿子,没有一个儿子离开这清晨
没有一人在这世上哭,哭这悲哀

所有人将手放在身边人手里,默默提醒着:
"嘘,别吵。"

独立日

在 N 书店的书架旁
一个男人蹲在地上翻书
眼睛眯着,眼镜从鼻梁上滑落
布满皱纹的脸上
是终于摆脱生活沉浸于某刻的安静
像孩子蹲在沙地上玩沙
嘴巴嘟着,神情专注

他们(男人与孩子)都有清澈的眼睛
清浅的、深邃的物质,能过滤坏东西
当它看向艾莎的眼睛
艾莎变成动物,乖乖躺下

书店敞开门,任人们进出
一支歌循环播放,赞美着独立日

时间停在尘埃里,一切停在时间里
一切停在此刻理想的构图里

庇护所

儒雅的老男人站在人群里
声音软甜，叫着"宝宝"
声线营造的氛围构建出一座房子
有结实的屋顶和梁柱
门是一道拉链
里面是床、洗手间、地毯、水
他谄媚地笑着，笑声变成
婴孩房里的一盏小夜灯
为之提供安静的、安全的爱
当他趋身向前，将爱的大礼包放进
她梦里，光开始流淌……

隔壁蛋糕店里的蛋糕被装饰成纪念碑
分享它的人们
纷纷长出白色的羽毛

路过的人们看到这样一幅场景：

被庇护的婴孩望向他
目光安宁,脸上是放松的神色
如同面包浸泡在甜奶里

蛰　伏

旅行结束了，艾莎安居于眼下的生活
情欲像只小瘦猫，躺在阴影里

夜晚，她站在梦外，看自己在水草间行走
一张脸孔变成青虾，往她怀里撞
精瘦的，弹跳力惊人
她伸手抓这骄傲的家伙，没有一次得逞

爱世纪出现了：
旧城市，向四面延展的道路
来回不停的车辆，严密监视下的秘密接触者
一枚象征欲望与破灭的巴别塔石头……

所有情境中，出镜者皆有银贝壳一样的牙齿
快乐的，隐而不宣的，闪着光
藏在里面的舌头不说话
一如梦境蛰伏在现实的表皮下

梦境中的艾莎与现实的艾莎对视着

一个被打开的苹果，袒露着朝向天空

空 空

没有人将爱夺走,一切眷顾他们:金钱,房子,婚姻证明

是他们自己不要了

原先居住了爱的神室,如今塞满了寂静
两片透明玻璃间夹着蝴蝶标本,沙漏的上部已空

迁 徙

居民们带上孩子和家产
去往某处集中居住地。他们走得轻松
离目的地越近,关于家族的记忆越模糊
雨水和风,加快往事风化的进程
说过的话也已飘走,但一部分留下了
和提前离去的人一起
躺在永恒的故土而非飘在空中或漂在水面
它们将永不感到孤独与被剥夺

那些被利益与意志覆盖的年轻的脸,终于来到
空中的洞穴,从此他们将习惯梦游
依靠闹钟唤醒而非鸟鸣——
这里没有树,真正的音乐已与逝者一起
永远留在了那土地

暮年之光

那人坐在出租车后座上,前往城市里的某座房子
这是一条必走的路:向前,拐弯,向左,向右
当车停在城市丛林的夜光下,高楼上的妇人早已酣睡
梦中,她还是新鲜的人,粗硬的枝条尚未抽打日子
他们的眼睛像黑葡萄,嘴巴像樱桃,身体熟得刚刚好
她不戴首饰,白天穿简单的衣裙
夜晚赤裸着脚与双乳。而他还没学会孤独……

他们从未离开过这栋房子,她只好在这里发胖,生病;
而他消瘦,终日生活在忧虑中
更多时像个孩子,开始使用生命最初的问号
就像现在,他站在楼下,遥望刚刚抵达暮年的那束星光

第三辑

遗 忘

安魂曲

人们在朋友圈悼念死去的人
歌唱死亡和永恒,歌唱存在

他们克制泪水。这忠诚的海水
映现出幻灭者的姿态与面容

大地坚固,将消失的魂灵妥善保管
飞雪中升起安魂曲:人间不过匆忙一瞥

暗　像

米亚在某个夜晚偶尔撞见一张脸
后来只忆起那人的鼻子
立体的骄傲的鼻子，犹如云柱
她努力回想其他的部分：眼睛、嘴、脸庞等
——全部消失了
像一艘船从大海中迅速撤离，只留下船头
朝着米亚靠过来，不断放大
抵落在她的额头
获得一些指引，停靠在胸口
温度也发生改变，冷冷的，暖了，热了
有些灼人……

黑暗中的米亚叹了口气
闭上眼，高大的亚拉腊山上
停靠一艘爱的方舟

米亚是谁

米亚看着少女时代的相片:
发型潦草,尚未长开的眉眼,薄嘴唇
这张独立照的下方是一串编码
像植物园里的名称标记

"你是谁?从哪来?最后一次出现在什么时候?"
面对质疑,少女米亚的辩词人们再也听不到了
也听不到对她的训诫

乡下的父母还活着,他们指着墙上的照片
翻出信封、钥匙、米亚穿过的衣服
还从口袋里搜出一张字条
——瞧,女儿的笔迹

"证据呢?"

十几个人翻遍记录，寻找米亚存在过的痕迹
天黑前，年轻的代表者给出结论：
关于少女米亚，查无此人；
疑在2007年突然出现

说汉语、偶尔讲方言的米亚，音调里带着天然的焦虑；
一米六二、偏瘦、收入微薄的米亚
活在2007年的证件里，并持续到今天；
从新城返回老城寻找来处的米亚
裹挟在四面八方赶来的苟活者中间
脸上的宁静与慌张对等
这犹如参加葬礼或期待重生的行列中
偶尔响起划火柴的刺啦声，一刹那的火光照亮主人的面孔
最终灭了

中年米亚早已洞察一切荒诞
她呼吸着，站在空白的电脑系统和缺失的卷宗前
接受权威者的宣判：
关于你的来路缺少证据；但你可以继续活着

语 言

时隔多年,杜拉斯回忆起往事
那个洁净的、具有木质纹理与蔚蓝色品相的人
依然如在眼前——
他不断递来水洗濯她的身体
以语言之盐擦拭其灵魂
直到变得同样洁净,才与之对话

接着是歌声,到耳语
时间的容器装满讨论过的真理、誓约与预言
步入无言的境地——

此时话音藏在二人内心
对,正是忏悔
忏悔因命运疏忽不能获得的永恒之爱
变成沙滩上的沙砾

温柔的人伸出手

擦拭她的泪水,并不问她为何哭泣

影 子

客运站聚着一群失去故乡的人
匆忙的脚步前后
连接一条条影子

灰色的影子,在剩余的旅途中移动
孤独的、被遗忘的人的一部分
尾随着造它的人

这不被重视的画面,有些荒诞
从中生出灰色信仰(有了光,就不会被抛弃)
跟随主人来到背光处

影子消失了:人抖了抖肩,一身轻松

糖

艾米亚尝过最甜的糖,
是一位青年男子的笑容
静静地,
这块糖,融化了

艾米亚保留着包裹它的糖纸,
去嗅遗落的味道

弥散的甜味中,
她变成糖,融化着……

空　白

卡佛已被白色复兴号带走
此前不久他穿越一段很长的距离
坐某节车厢的 A05 座，来找一位女孩
二人从动物与诗说起
谈到雾霾和车辆、走过的地方
这些无趣的人世间有趣的一小部分
她向他指认家的位置
论及天气及生活的好坏
茶喝半盏，他用修长的手指
解密密的上衣纽扣，接着是鞋带
昏暗的光线中
小腿因充满肌肉犹如忍耐的动物
不动声色，不可征服
他走过来，结实的身形散发出某种气味
柔软，潮湿，久久盘桓

时间太短，时间将一直空下去

时间将忘记二人共度的梦境、说过的话
将渐渐习惯的东西拿走
只留下桌上的纸片,两个人的名字一前一后
暮色吞没乳白的窗纱、一对空拖鞋和凉茶
一人沿着空荡荡的楼梯回到大街上
另一人留在窗前
一切痕迹被擦净后,时间消失,万物归复

今夜你叫娜塔莎

这之前你叫玛蒂尔德、艾米拉、米亚、杜拉斯、克拉拉
爱人叫卡尔维诺、阿米亥、卡佛、苏姆、安东尼
身份是诗人、画家、流浪歌手、伐木者、皇帝
或者是年长者、柔软的孩子、小男人、失意者与陌生人

你躲在那些名字后面,让它们替你做没有勇气做的事
虚拟者一次次将爱者造出来,使你持续活着
活着,多么美好;活着爱,让人流泪
活着告别,去寻找另一个开头和结局,这悲伤的宿命时常发出喃喃低语

"她说"
"他说"
"他们说"

那么多的讲述代替你生活,死后重生,并没有哪一句被作为墓志铭

你笑着面对嘲讽与恶；跪着，倾听并接纳爱
——万物都在宣布给你情人、父亲、师友、路人之爱
爱将使你不朽

而罪恶，并没有第二个名称

作为世上唯一存在的女人，今夜你叫娜塔莎
娜塔莎，我多么爱你，也爱玛蒂尔德、艾米拉、米亚、杜拉斯、克拉拉；
爱她们的爱人卡尔维诺、阿米亥、卡佛、苏姆、安东尼
这些名字走过教堂与墓地，与你在薄凉多情的世界
结伴而行

多么美

倔强的饱满的娜塔莎，瘦弱的卑怯的女人
你不要忘记渴望，像沙漠上的独行者

不要忘记乳房，那是母亲的；不要忘记早逝者，那些教训；
不要忘记伟大的克制和爆发力
也别忘记爱，它一直在

今夜你叫娜塔莎,明天你叫什么呢?明天,你,不要忘记写首诗,歌颂你

仿制品

从出生那一刻,安东尼活在这世上
成为无数人的摹本之一,来做这活着的事

他走遍旧路,有时孤零零站在那里
无人可倾诉

他爱过的女人早被别人爱过了
他用那人的方式和她相爱、生活
还在一本日记里,看到被众人使用过的思想

安东尼站在镜子前,看到人类相似的历程:
节律,涨落,盛衰,无限循环

模仿一些失意者,他叹了口气

帆

结束航程后,船驶向出发之地
一面破帆历经膨胀与抗争
顺从轮回之道
带回风暴余波,带回疲惫……

时间将其洞穿、撕碎
使之落进必然如此的宿命里
它歌颂毁灭

毁灭真的来了,帆在歌颂中化为齑粉
空虚的船浮在水面上,轻轻地

羞　耻

中年女人决定带上贬值的爱
去找旧情人
她在身体及心脏各处刻满他的名字
字很小，她重复地写
用那永世不会消退的激情
临行前，站在一面镜子前
想象那人潜入，攫取
不断攫取，再也不曾离开

不再有任何犹豫了，她穿好衣服
（有点花哨的衣服显然不再适合）
化好妆
（粗糙的化妆术，使她的脸有些滑稽）
从中年的某一天开始
她不再学习任何技艺了
包括化妆和忘记
（那倒霉的男人，将在她心里死去）

女人出了房子
经过奔腾的孩子和驯良的动物
年轻的姑娘怜悯其衰老
而不自知一切正走向末路
女人在现实的世界节节败退
在虚拟的境况中健步如飞

傍晚时分
一位老者扯住她的头发，系在绳子上
他说：
"那尚未被准确命名的旧情人
是你独自造就的。"

"没有第二个人知晓这秘密
包括他自己——
不，根本没有他。"

删　除

提前醒来的清晨
虫鸣伴随一两声车笛
一只猫跳上窗台
张望宏大的世界的一部分

时间流过身体……

只有在这样的时刻
她才是穷尽一生无法成为的人：
自由，忘却，不爱……

她摊开纸，在上面记下一些
读一遍，删去一半
又删
直到剩下一个字

带着无法道尽一切的遗憾
她删掉最后一个字

幻　梦

忧郁的贵族从睡梦中醒来
他躺在榻上,从这一角度看出去
窗外星空倒垂
旅行者正讲述不可实现的幻梦

现实的一部分已倾斜
蜘蛛网城市里的小人正在密谋
艳妆从女人们的脸上脱落
人吼马嘶声远去了,府邸上的琉璃瓦纷纷落下
旅行者嗓音沙哑,言语消失

忧郁的贵族躺在榻上
干瘪的眼窝失去海水,海水失去海

叙述者

在某个无爱可供言说的空间里
昔日光阴在追忆者的叙述中复活:
色彩,特征,声响,面孔与姿态

他们反复论证绝没有忘记往日的快乐
也经常陷入语言的空白地
一旦离开对于往事的叙述(这具有拯救现实的意义的东西!)
沉默便重获自由

来 电

不远处的海水急急汇合,又缓缓远去
一切将消失在历史中了
爱人,旅行者,有思想的人
伴着汽笛长鸣,迷途者登上最后的班船

数年过去了,雨中的一切消失了
她站在窗前,回忆那场爱的误会
电话铃声骤然响起
那人声音颤抖,带着熟悉的口音

场　景

当我们沿原路返回
林子里乌鸦乱叫
它们黑压压落下田野
又飞上树顶
满树的毛白杨叶子纷纷坠落
这凋零的场面虚构出浪子回家的幸福
就像我沮丧归来
也带有将多余的人剪掉
与寂静重归于好的喜悦

就是这样

我从未爱过唾手可得的东西
常思念某个短暂的时刻里
意外获取的
半张面孔,刀刻的棱角
拖鞋行进时带动的双腿,肌肉结实
犹如古老的立体雕像
在黑暗中寂静、发光
——就是这样

每隔一段时间,大声呼叫他们
他们会应你
风从沙地上吹过。然后
忘记

我深深爱着唾手可得的一切
不断忘却易逝的面容。从密封的时空的
终点,返回人间

刀工豆腐

席间
秀气的女子呈上平桥人家的豆腐
言称乾隆南巡,林百万以之侍主
龙心大悦,此菜便誉满江淮

一食客起身举箸
于凝脂中寻找鲫鱼脑、鸡汤、蟹黄
未果

岁月不再,昔日名菜在普通人的餐桌上
只剩一盘细碎的刀工

回　味

女孩从老院子的铁门里溜出来
在田野与树林里寻觅蘑菇
每摘下一朵伞状植物，会嗅一嗅气味

她走上农村与城市接壤的马路
奔向汽车站、火车站和码头
充满雄性气味的男人在某扇门里
等她将蘑菇做成菜肴

她的奔跑越来越快，有时也会停下
去闻切洋葱的刀口的味道，磨刀石的味道
撒落的可可粉的味道，胸衣上的汗味
气味飘散各处时
她明白一切发生已无法挽回

她再不能天真地退回过去
从蘑菇做成的食物里回味那片树林

戏 台

他们穿着马戏团的戏服，嘴巴张着
用奇怪的声音歌唱
模仿动物单脚站立，或者四肢着地爬行
他们绕着表演台一圈圈奔跑，叫嚣
直到筋疲力尽
在人们的欢呼声中返回地面

这些还未长大成人者
尚不能理解悲剧，只会使用初级的应和
在他们看来，生命是一起起偶然事故

死亡也是

但生活会从他们脸上抹去笑容
并给他们泪水

雨和我们

我们依靠在一起的肌肤上有雨
它来自天空
经过半生的磨难坠毁人间
像此刻的我和你
一个是另一个的归宿,也是坟墓

"雨雪从天而降,并不返回。"①
对于这,你我都知晓

---

① 犹太先知以赛亚的话。

就送到这里吧

无数次想象我们告别的场面

像流水自然地离去

很安静，干净

想象从那之后我看到流水

就看到爱的庙宇，一场卑微之爱

让我们和春天一起复活

度过数月

当我们分离

并没有获得回程票

一个人停在某处，另一个向她挥手：

就送到这里吧

一颗心在另一个人的胸口炸裂 [1]

---

[1] 出自阿米亥的《今天，我的儿子》："我的心在他的胸膛里碎裂。"

独行者

给你梯子的人并不会
与你一起攀爬
他负责提供陡峭
使你获得虚拟幸福感的通道
当你在悬空的梦境中向上
横木越来越细
余路越来越短
直到再无高处可去
你回过头来
给你梯子的人已经离开
最多只在原处等候
独自奔赴并必须回头的境况
使你陷入深深的沮丧

活着的人

活着的人迎来一次次日出
对流逝佯装不知
活着的人追忆往事
会剔除掉泥沙碎石，让旧爱重生
活着的人知道
一步步走向死亡是不断归还
人间的欠债
直到大雪覆盖肉身
活着的人种树
知晓每一棵树都有埋入土中的时候
这是它和大地提前签下的契约

雨　中

克拉拉关于幼年的记忆早已模糊
缺失的父爱在她中年后找上门来
他坐在那儿，
语调轻柔，陈述离别后的一切
还伸出手，触摸克拉拉年轻的面孔
一切漫不经心的，一切企图救赎

克拉拉的知觉被唤醒，
在历经失去光辉的青年时代和婚姻后
听到一段天籁之音
因时间、运气、信仰缺席带来的不幸
无声瓦解了
她坐上他亲手搭建的秋千，晃着，伴随着呜咽……

后来，他们并肩走在雨中
雨伞承接雨水，像右手落上琴键
重复着单调、朴素、快乐

南风吹着不相干的事物

挖掘机从楼里运出石块钢筋
那些花了大力气填进去的硬物
正被蛮力拆除
尘土战栗如情绪
剩下的空洞,一如悲伤的脸

这些年来
我们的身体接纳过多少身外之物
装进多少就掏出多少
越掏越空
空空如也的南风吹着不相干的事物
一个是你,一个是我

结 局

我们都是对方的镜子
一定意义上,都在奔赴一场
寂静的生死
我们都是有病的人
且天生知晓结局

理想国

像婴儿在探索,老男孩在黄昏的迷宫里行走
一步,两步,十步,一百步……
伴随脚步移动,新鲜的爱人产生了:
柔软,潮湿,有光,涌动的

她的裙裾摇晃,像闹钟在喧闹中走动
世界和秩序被一一穿过
经过什么,什么就被遗忘。只有她被留下

老男孩闭上眼。第一次
他对苍老的肉身产生取悦于它的幻想:
不让它沉睡、成为木头。要开花

小时代

正在话别的一对情侣,站在黄昏的暮色里
享受当日最后一缕光照

直到有光的世界在身后闭合
为了看清对方,他们闭上眼,敞开心——

离别者一改往日忧伤,变得活泼起来
似乎前程美好并不惧一切离愁,于是笑着
将沉重的长发挽在头顶,仰脸看向对方
"安享今日的温暖吧。"她告慰自己

他没有听到,但洞察一切
就像寂静总令人想起喧闹的画面
想到颜色、气味、声音、情态,让其充满
回味者的眼睛、鼻子、耳朵、舌头
想到天使,天使便充满他的心
哪怕时间将她带走了

他将独自度过很长一段时间，像个鳏夫

他还将悬挂起许多旗帜，每一面都是宣告
带他重返爱的现场：
她快乐地哭着；她笑着，仰起脸……

夜来了。一个小时代开始为爱人们存在

加上一天

男人在装饰一栋房子
他将石灰抹在墙上,涂干净暖和的色调;
铺棕色地板,接着是地毯
做完这一切,站在一扇向外打开的木窗前
不远处的街道空空的,背景是天空
他将手插进灰色开衫的口袋
开始唱一首跑调的老歌
路过的人们看到他的脸,听到那歌声
就知道什么是真正的欢乐

歌声中,一扇木门自由开合着
没有钥匙也没有锁,以爱人意志创造自由之爱
在这里,生活是这样进行的——

爱人们在星期五的夜晚聊天
说到某处情境,她突然蹲下,捂住脸
再次起身时,房间里充满天真女孩的笑声;

有时男人站在书架前寻找某本书
她从淋浴间出来,冲着他笑
依然是纯净的模样
卧室里,柔软的羽绒被铺展开来

他们面对面看着,互相诉说着贪心
不断在已流逝的日子后,再加上一天

允 诺

花园里的两个妇人,看着彼此婴儿车里的婴儿互相称赞
用于夸赞的语言如此娴熟,显然已使用多次了
又仿佛第一次使用,真诚而新鲜
被夸赞的婴儿沉浸在与此无关的快乐中:
啃着小手或摇动小脚;有时睡着了,头歪在一侧
世上的一切,连同两位赞美者,全被忘记了

在小提琴般悠扬的鼾声里
妇人们看了看天,升起婴儿车上的篷子
这小小的国土上没有雨水与战争,在他们长大之前
这是妇人们在孕育时允诺过的
但疲惫爬上来了,她们匆匆往回赶,忘了道别

困

早上,这空荡荡的时间被一只蜜蜂的叫声塞满了
"我要进来。"它不停叫
隔着一扇纱窗,它已经飞了半小时
窗里的人感受到它的忧愁,但不会打开窗户
也无法驱赶。像一只破了的水管
嗡嗡声与人因之而起的坏心情一起流出来了

人忘记了花朵,现在只剩下自己,这只蜜蜂

安 抚

在他年轻的时候,无人不爱他的
耀眼,体面,旺盛的精力
在众人面前出尽风头
像演奏厅里的第一把大提琴
他渴望那时与她相爱,享用无敌的欢愉

为此她将失去现在的他
失去迟缓到来的、深沉的爱,这残缺的圆满
失去他动物一样的哀伤,裂缝和枯萎
花白头发下苍老的脸

当银色的月光降临,他独自骑着自行车
从闹市赶往不远处的家;
午夜醒来,寂静中传来钟表的嘀嗒声
他在镜子前跪下来,和自己说话

使用"孤独""遗憾"诸如此类的词

她想象自己走过去,抱他,像安抚一个孩子

干 净

当话语螨虫一样到处爬行
我们站在店铺的里间
这里少有人迹,唯有被蒙尘的静物
我们收拾,用水清洗
反复擦拭还它们以光泽
朴实、自然、平常的姿态出来了
我们还清洗了自己……

现在,面对面坐下吧手心向上
就像从未知道外面的世界

答　案

当嘴巴说出生动的词语，耳朵听到爱
也正一点点失去它
意识到这点，人们放慢叙述的速度
有时静静地
凝视光在对面人的眼中渐渐消失

答案在那光中

寻常之诗

这个夜晚,她写下最后一首诗
将之存在电脑 E 盘里
这首没有被传播的诗,像一位溺水者
带着一切希望并没有发生的痛苦,一沉到底

人们撤离了,他也乘着巴士离开
前程是单一的线条
没有任何一种可能
再将他镶嵌进这往日里最后一座院子
这伊甸园,去读那首诗

若干年过去了,被循环播放的赞美歌
正是最后一首诗的内容。人们听见它
只以为它是寻常的意思

第四辑

记 忆

扮　演

有时我们要扮演死者，学他闭嘴、闭目
躺在高速路疾驰的汽车上
感受重型火车碾压大地的声响，如灾难来临

此时你在人间而人们并不以为
你还活着

有时也会扮一扮生者
在人间轰隆隆行走，空怀一颗死者的心

共　享

黄昏时分
光落上东边的河流、房屋和山

我喜欢坐在阴暗的内部
看好运纷纷落在别人的头顶

天黑下来时，会有一个面目不清的男人
与我共享这寂静

某一刻

光从头顶的水晶灯中泻下
落入白纸黑字和宣读者的誓词里
听众滑动手机屏幕
他们都有安泰的肉身,也有让灵魂逃离现场的能力:
假装在,假装不在

我翻动书本,读到这一句:"自由在冒险中。爱在丰饶里。"
想起某人某事,构筑成神秘的世界

邻座女孩在纸上写情话,眼里的光芒传递出:
我们貌似接受严肃的训导,背地里却是多么欢欣

描 述

在所有关于"自由"的描述中
黑夜因其辽阔令人滋生更多想象
一束微光亮了
像从远方伸来的手
它激励你犯错,带你奔赴陌生的去处
讨要亏欠你的一切

你总是中途折返,惦记生活本来的秩序
它没有喜悲
唯有可靠的平静——
提供长久的对于"自由"的想象

微　火

终于走上这片缓坡了，她长吁一口气

在这里
没有窄门要侧身挤入，没有两条以上的路需要选择
不远处的水面有小动荡，再无大风波

人世的爱恨与枯荣，无不走在渐渐逝去的路上
它们有的死了，有的老了，每一场雨都会带走一些

现在，只剩那个持续添柴的人，他会带来持久的微火

尾 音

一株植物站在雨后的黄昏里
看江水从远方涌来
在拐弯处发出碰撞音,之后归于寂静

这暗藏潮水的日子,磨损我,重造我
继续磨损……
直至赐予我平常之心

落日下坠之际,江面布满温柔
我爱上这宏大的乐章中
舒缓的尾音。一种笃实的喜悦,无声植入
逐渐合拢的掌心

礼 物

所谓界限,是人们心怀爱意
也始终保持独立的灵魂
他们无力吐出令彼此更为接近的话语
只能默默交换腼腆
——这成年人的礼物

分手歌

诚恳的植物一路向上

唯有我们各奔西东

坚 固

挣扎半生
不过是渴望疲惫时,有可依靠的肩膀
不过是
它支撑你,分担你一人承受不了的
罪和累

它不言不语,石头一样坚硬

张　望

对迎面走来的人作远距离凝视后
到了跟前,她低下头
待擦身而过,又回首张望其离去的身影

这一切,源于她羞涩又温暖的本性
把每个路人当作父亲、母亲、爱人、孩子
她爱看人们身披霞光而来

当他们沉默离去,她回望着,又暗示着
生而为人的孤独

预 习

祖父母百年后的家安在叮当河西岸的下坡
坟堆上的茅草很轻,风很大
我和大姐对着地下的人大声说话
浓烟熏得我流泪不止
一抬头,父亲已站在上坡另一座坟边
居高临下看着他的亲人、邻居、老友、仇敌
那么多名字停在这里
如同废弃的火车站台
作为尚在移动的火车,他需要一次次来到这里
预习下一个生活场景

安　抚

在地下车库，某些阴暗的角落
在春天发黑的树林里，柔软的花园附近
在更多不能回归的日子里
他们一次次推迟离别来建立新的联系
像两艘停止前行最终分道扬镳的船
互相凝视，或拥抱着安慰
有时谈论起幸福，会努力显出不幸的样子
空旷的夜晚响起不安的心跳音
四周水声如祷词
安抚企图逃脱出时间的人们

熄 灭

远道而来的人们留下寒暄,各自离去
他们一边走,一边挥手
像一只重新放入布袋里的猫,让天真带领自己
去往下一个黄昏

围观者看到:燃过的火柴梗停在空中
点火的人们飞快撤退

静静的欢乐

人们看到他们卸下伪装,撕去面具
团结在一起

看他们变成马匹奔过空巷
从虚空中踏出一条通道,停在新日子里

阳光在周围闪着
也落在谷物和葡萄酒上

他们看着对方,仿佛快乐再简单不过

路盲者的旅行

这位天生路盲者也天生热爱旅行
在那些路上,她和路人对话
与草木相处,变成另一株草木
优雅,孤独

有一次,她落进一座身体的迷宫
一双眼睛——疲惫的眼睛,出现在
陌生人的脸上

在那双眼的注视下,她缓步行走在
表面的安宁里
像一只小狐狸,不时暴露出藏身之处

中年女性危机

在火车轰隆作响的前行中
年轻女人幻想丝绸连衣裙包裹的身体
遇到健壮可靠的男人
贫困者闭目想象人间财富的诱人图景
孩子们的目光被不断变化的事物锁住
惊叹声不断
男人变成啮齿动物
啃食鸡腿、蟹壳、好看的女人
什么都想占有,占有后又抛弃
唯中年妇女被一件事持久吸引
她变成女巫,洞察一切人的欲望
其中关于自己的部分
是永远不会再发生的爱情

火被纸包着

金黄的日子里,青年哈雷特使她陷入爱河
沉溺、狂喜、惊惧、忧伤,爱的重现与消失
像夏日清晨的樱桃树
清晰又甜美……

她习惯将生活描绘成没有背叛与偏见的模样
为虚构的未来列下清单
那位嬉皮士呢?他不断购买新的快乐,短暂的
令人昏厥的快乐,从第三者的手里
曾经与她丰满的爱的回忆,变成漏斗底部的沙

谷粒一般饱满过的女人
承受着信仰的挫败感,像火被包在纸里

伤　逝

那个人与他的时代,被一列火车带走了
他们一路向北,途经江河、田野、海域
逐渐消失,永不回头

留下的痕迹被雨水冲洗干净,新脚印覆盖上来
追随者们谈起过往
压低嗓门,满脸虔敬,并无一丝狡黠

在前者离开的地方,新一轮的疆域被建立
一段充满蛊惑的激情演说被传播
演说者寻找绝妙素材,开始了赞美:
现在永远优于过去某个时代

听众中有一位像得了病,他坐在阴影里
忧伤的脸上,呈现往日的旧秩序

梦　境

年轻的女人坐在奔赴约会的火车上
坐在一家茶馆的软椅上
坐在面目不清者对面,带着天真的表情
他们开始做孩子热衷玩的推力游戏
双手合拢,推开;合拢,推开;合拢……
后来,他们坐在对方身体里
身体蜷缩,状若婴儿

女人坐在梦里,一时难以醒来
过长的等待与睡眠令人抑郁
她推测这一切多半是真实,并努力追踪
美好的事物像突然出现的大海又突然消失
她看到自己被抛在中途,像个孤儿
一起玩推力游戏的人匆匆离开,头也不回
曾经为对方努力活的人们,如今为了各自

黄 昏

在海里游泳的人无法将海带回家
上岸是必然

爱人们坐在咖啡馆的玻璃窗内
看昏黄的太阳绕过街角

他们终将不需要彼此、不需要梦
他们将平静地告别

当他或她与新的人谈论起往事
将有一段沉默
用于打捞那渐渐降临的黄昏

孤 儿

你在谋划一场遥远的出逃
像悬挂已久的果子要落下来
去拥抱自由或毁灭

它决定坠落,不计什么后果

这时雨水正旺,水滴从树上无声滴落
一只鸟将翅膀插入云层
你埋头行走的样子,真像个孤儿